Y0-CJE-883

DESCUBRIENDO EL MUNDO

Los animales del bosque

Date: 9/13/19

SP J 591.73 ROM
Romatif, Alexia,
Los animales del bosque /

PALM BEACH COUNTY
LIBRARY SYSTEM
3650 SUMMIT BLVD.
WEST PALM BEACH, FL 33406

algar

Índice

El búho

El búho es carnívoro: se alimenta de ratones, de pájaros, de insectos y de serpientes. La hembra de esta rapaz nocturna es más oscura y más grande que el macho. Pone entre 4 y 6 huevos que después incubará a lo largo de un mes. El padre y la madre protegen juntos el nido. Vuelan en círculo alrededor de este, haciendo ruido con el pico para ahuyentar a los enemigos. También pueden lanzarse contra ellos desde las alturas. El búho es muy inteligente: puede fingir que está herido para hacerse perseguir así por el predador, y alejarlo del nido.

¿LECHUZA?

¡No, la hembra del búho no es la lechuza! La lechuza y el búho son especies diferentes, como pasa con el sapo, que no es el macho de la rana.

¿LO SABÍAS?

Los ojos amarillos o naranjas de los búhos están perfectamente adaptados para cazar de noche. Cuando captura una presa, la engulle entera. Tres horas más tarde, vomita lo que no ha podido digerir: los huesos, la piel... Los residuos que vomita se llaman «pelotas».

¿OREJAS?

Las protuberancias que tiene sobre la cabeza no son las orejas, sino los penachos. Las orejas del búho son dos simples orificios que tiene a los lados de la cabeza, escondidos bajo el plumaje. Los ornitólogos piensan que los penachos le sirven para expresar su humor: cuando los tiene de punta, es porque está excitado, o pretende asustar.

La ardilla

Este pequeño mamífero está hecho para desplazarse por las ramas: su cuerpo es muy flexible y sus patas poseen unos dedos largos que le permiten agarrarse muy bien. En su árbol, la ardilla busca una horquilla sólida y, después, se construye un nido con trozos de las ramas más próximas. Para acabar, lo rellena de hierba, de hojas y de pelos. La ardilla construye varios nidos y los mantiene en condiciones todo el año; así no se quedará sin refugio si una tempestad o un predador destrozan su habitáculo principal. El nido le sirve para dormir y para cuidar a sus crías, pero también para guardar los alimentos.

¡ÑAM!

La ardilla no es nada remilgada: se alimenta de granos, avellanas, bellotas o piñas, de frutos secos y de setas. Le gustan también los brotes tiernos y las castañas.

¿LO SABÍAS?

La ardilla adulta pesa unos 250 g y su cuerpo mide entre 20 y 28 cm. Su espesa cola mide casi lo mismo, y le sirve de manta y de contrapeso. El pelaje de la ardilla cambia de color según la estación del año, pasando del gris del invierno al rojizo del verano.

MI QUERIDO ABETO...

Las ardillas viven en bosques. Las coníferas (abetos, pinos, cedros...) son sus viviendas preferidas: las ramas bien rectas le permiten circular fácilmente... ¡y a toda velocidad!

El zorro

Este mamífero nocturno de cabeza triangular y cola frondosa vive por toda Europa, en los bosques y en los campos. Es un animal de rutinas que recorre siempre los mismos caminos. Es sedentario y delimita su territorio con sus excrementos. Aunque el zorro es carnívoro, a veces se ve obligado a comer lo que puede: frutas, insectos... No duda tampoco en mojarse para pescar. A medida que las ciudades se han ido extendiendo, el zorro se ha acostumbrado a frecuentar a los humanos. En invierno, no es extraño encontrarlo hurgando... ¡en los cubos de basura!

PRÁCTICO

Los zorros son muy útiles en el campo, ya que devoran más de treinta roedores al día, de los que atacan las cosechas y las semillas acabadas de plantar por los agricultores.

ZORRERA

El zorro es perezoso y prefiere reutilizar una madriguera que ya exista antes que excavar la suya. Dentro de la zorrera, se prepara rincones pequeños sin salida, donde se refugiará si es perseguido.

¿LO SABÍAS?

Las crías del zorro nacen en primavera. Para que aprendan a cazar, el zorro les lleva pequeños animales vivos a la madriguera. A los dos meses, las crías acompañan a los adultos a cazar. En otoño, ya sabrán cazar solas y la primavera siguiente, estarán preparadas para fundar su propia familia.

El jabalí

Este cerdo salvaje, antepasado de nuestro cerdo doméstico, es omnívoro. Gracias a su morro poderoso, provisto de un hueso, excava la tierra por las noches para buscar raíces. Come también todo lo que encuentra en el bosque: bellotas, castañas, larvas, gusanos, topos, setas... Su hembra, la jabalina, da a luz a de 3 a 12 crías por año, después de un embarazo que dura unos 4 meses. Los lechones nacen con un pelaje rayado que se unificará a lo largo de su crecimiento. Maman de su madre, pero empiezan a comer alimentos sólidos desde la segunda semana de vida.

¿LO SABÍAS?

El jabalí está activo por las noches y, de día, duerme en su madriguera, que excava en la tierra. La hembra da a luz en una madriguera: es un agujero recubierto de hojas secas y casi cerrado, donde hay unos 30 grados de temperatura para que los pequeños estén a gusto.

BAÑO DE BARRO

El jabalí no suda. Un baño de barro le permite rebajar su temperatura corporal en dos grados. Y, como el barro tarda más en secarse que el agua, se mantiene fresco durante más tiempo. Este baño también le permite librarse de los parásitos (piojos, garrapatas...). Pero el jabalí también se revuelca en el barro cuando hace frío, ¡solo porque le gusta!

BATIDAS

Con el fin de regular la población de jabalíes, es frecuente que la administración determine la cantidad de animales que pueden cazarse cada año en las batidas. Los jabalíes destrozan los cultivos e incluso el césped de los campos de fútbol, donde acuden a buscar lombrices.

El erizo

Este mamífero insectívoro puede vivir hasta los 10 años. Tiene alrededor de 6000 púas que se ponen rígidas y que se van renovando a lo largo de toda su vida. El erizo corre deprisa y nada bien. Cuando se enfrenta al peligro, se inmoviliza y se enrosca en forma de bola; desgraciadamente, eso provoca que a menudo sea atropellado en la carretera. Hiberna de octubre a abril debajo de un montón de hojas o de ramas, que recubre con hierba y musgo. Es un animal nocturno que vive tanto en los bosques como en los jardines.

¡CHARLATÁN!

El erizo es muy hablador: emite unos gritos agudos en caso de peligro, pero también puede roncar e, incluso, imitar el ruido... de besos.

¡A LA MESA!

Goloso de lombrices, de moluscos, de serpientes y de insectos, el erizo es el amigo del jardinero. Le ayuda, por ejemplo, a deshacerse de las babosas. Pero también puede comerse las bayas, las frutas dulces e, incluso, los huevos.

¿LO SABÍAS?

La madre erizo tiene de 2 a 8 crías por parto. Los bebés nacen ciegos y con las púas blandas. La madre los amamanta alrededor de 2 meses.

El lobo

Este mamífero carnívoro es el antepasado de los perros. El lobo vive en manadas, grupos dirigidos por una pareja dominante que elige el camino y come primero. La estación del apareamiento empieza al final del invierno. Dos meses después, nacerán de 5 a 7 lobeznos. Las crías viven abrigadas en una madriguera preparada por sus padres: la lobera. Los lobeznos reciben su parte de la caza en forma de pequeños trozos enteros o regurgitados. Bien pronto, aúllan y gruñen como los mayores para reclamar la comida.

¿CAPERUCITA ROJA?

¡No te preocupes, los lobos solo comen niños en los cuentos! Son demasiado desconfiados y tímidos como para acercarse a las personas. Por contra, suelen fijar sus objetivos entre los rebaños de ovejas que pacen en verano por los prados.

¿LO SABÍAS?

Cuando la madre descansa o está de caza, otra hembra del grupo se encarga de los lobeznos, los protege y juega con ellos.

LOBO IBÉRICO

En la península Ibérica existe una especie de lobo llamada lobo ibérico. Es un poco más pequeño que los lobos de Europa y se alimenta de jabalíes, ciervos y ovejas, aunque a veces también puede comer frutos silvestres y vegetales. Actualmente, podemos encontrar lobos ibéricos en Castilla y León, Galicia, Cantabria, Asturias y al norte de Portugal.

El ciervo

¡Este gran herbívoro es cazado por los seres humanos desde hace más de 35 000 años! Es fácil de reconocer por sus cuernos y por sus grandes dimensiones, 2,5m de largo por 1,5 en la cruz. Si el ciervo posee un oído y un olfato muy finos, por contra, su vista no es demasiado aguda y no puede distinguir los colores. En la estación del apareamiento, el otoño, los machos luchan entre ellos, chocando sus cuernos para atraer a las hembras. También emiten un grito potente: es la berrea.

¿SNIF?

Los machos marcan su territorio con un líquido oloroso que producen en los lacrimales, unas glándulas que tienen situadas en las comisuras de los ojos.

¿LO SABÍAS?

Los ciervos viven en manada: unos grupos son de machos y otros de hembras y crías. Los cervatillos dejan a la madre alrededor de los 2 años para integrarse en un grupo de machos jóvenes. Los ciervos viven, de media, unos quince años.

¡VUELVEN A CRECER!

Los cuernos del ciervo se renuevan cada año. En primavera, empiezan a rebrotar. Estan recubiertos de un tejido suave que contiene vasos sanguíneos: el terciopelo. Este tejido se seca y cae en el mes de agosto. A finales del invierno, los cuernos se le desprenden del cráneo. Un nuevo par le rebrotará en primavera

El gamo

Todas las crías de los cérvidos nacen con manchas claras en el cuerpo. Les desaparecen poco a poco, para dejar paso a un pelaje uniforme en el caso de los ciervos y de los corzos, pero no en el caso del gamo, que mantiene sus manchas en la edad adulta. Es herbívoro y puede llegar a medir más de 1 m; come hojas y bayas, pero también cortezas y castañas. De día, descansa en los bosques y sale a buscar alimento por los prados o en los claros. En primavera y verano, los machos y las hembras están separados, pero se reagrupan en invierno. Es siempre una hembra vieja quien dirige el rebaño.

¡FUERA!
Aunque es pequeño, el gamo es muy agresivo. ¡Si se disputan un territorio, un gamo irritado puede hacer huir a un ciervo!

¿LO SABÍAS?
Cuando huye, el gamo salta sobre las cuatro patas, como los antílopes africanos. En la península, sus predadores son el lobo y el lince. El zorro puede atacar a un cervato, pero no osará nunca desafiar a un gamo adulto

¿CIERVO O GAMO?
Son de la misma familia, ¡pero mira sus cuernos! Los del ciervo son puntiagudos, mientras que los del gamo son más largos y están aplastados por los extremos. Los dos renuevan los cuernos cada año.

El tejón

Con su cabeza blanca cruzada por dos largas bandas negras, ¡es fácil de reconocer! Este mamífero es un experto a la hora de excavar galerías. Vive en una madriguera, llamada tejonera, que tiene diferentes habitaciones: una familiar, otra que sirve de despensa, y hasta... ¡cuarto de baño! Las estancias están unidas por corredores, y la tejonera tiene varias entradas que se llaman bocas. El tejón vive en familia o en clan. Duerme de día sobre una cama de helechos y de hierbas frescas, que renueva con frecuencia: es un animal muy limpio y ordenado.

¡SU IDENTIFICACIÓN, POR FAVOR!

Cada tejón emite un olor particular con las glándulas que tiene debajo de la cola. Este olor le sirve para marcar su territorio. Para reconocerse entre ellos, los miembros de una misma familia se rozan culo contra culo y así mezclan sus olores.

¿LO SABÍAS?

El tejón no ve demasiado bien, pero tiene un olfato muy eficaz. De noche, este omnívoro recorre siempre las mismas sendas buscando babosas, caracoles, lombrices, frutas, ratones o setas.

INQUILINO

El tejón comparte a menudo su madriguera, que es muy extensa, con el zorro, a quien presta una habitación cerca de la superficie.

El pájaro carpintero

Este pequeño pájaro de plumaje verde y amarillo, y peinado rojo, vive por toda Europa. Su graznido, muy reconocible, se parece a una risa. Se alimenta de insectos y de larvas que captura por el suelo, pero prefiere las hormigas. El pájaro carpintero excava su nido en un árbol frondoso. La hembra solo pone una vez al año, de 5 a 8 huevos blancos que los padres incuban por turnos. Los polluelos pasan tres semanas en el nido y después aprenden a volar. A las 6 semanas, están preparados para vivir solos.

¡A LA MESA!

Se puede oír a menudo al pájaro carpintero tamborileando sobre las ramas con el pico. Y no, no siempre está excavando. Las vibraciones de su pico sobre la madera le permiten saber si hay gusanos escondidos bajo la corteza. ¡Ñam!

¿LO SABÍAS?

En invierno, cuando el pájaro carpintero tiene mucha hambre, se acerca a las colmenas para comerse la miel. Desgraciadamente, sus golpes de pico provocan grandes destrozos: los zarandeos deshacen los grupos compactos que forman las abejas para calentarse... y se mueren de frío.

¡ÑAM!

¿Cómo puede el pájaro carpintero atrapar a las hormigas con el pico? Bueno, la verdad es que esconde un arma temible: una larga lengua pegajosa, como la del sapo o la del camaleón.

La liebre

Este primo salvaje del conejo come hierba, pero también raíces y brotes tiernos de cereales y de hortalizas. En invierno, roe las cortezas de los árboles. Al contrario que el conejo, la liebre no excava una madriguera, sino que se construye un nido en el suelo, de modo que los lebratos no están tan protegidos de los predadores y de los cambios de temperatura como los gazapos, que son las crías de los conejos. Pero eso los hace más avispados: desde su nacimiento, pueden ver y están cubiertos de pelo, y muy pronto son autónomos.

DEVORADORA DE EXCREMENTOS

La liebre, como el conejo, tiene una particularidad: de noche, produce unos excrementos formados por elementos nutritivos muy ricos que se come inmediatamente. Así recupera las vitaminas y las proteínas.

¿LO SABÍAS?

La hembra puede parir hasta a 12 lebratos por año. Solo los amamanta una vez al día. A los seis meses, las crías ya son adultas.

¿LIEBRE O CONEJO?

El cuerpo de la liebre es alargado y sus orejas son largas, con una mancha negra en la punta. Por lo que respecta a su apetito, la liebre come poco y en muchos lugares diferentes, mientras que el conejo se alimenta siempre en el mismo lugar y provoca grandes destrozos en los cultivos.

La lechuza

Esta rapaz nocturna se alimenta de roedores, de serpientes, de peces, de ranas, de insectos grandes o de pájaros pequeños. Gracias a su vista aguda, su oído fino y su vuelo silencioso, es un predador temible. Su técnica de caza es espectacular: lanzándose desde la altura, la lechuza cae sobre su presa y la engulle entera. Dos horas más tarde, vomitará en forma de pelotas todos los elementos que no ha podido digerir (pelos, huesos, espinas...). Las lechuzas viven en pareja. Durante el día, duermen en los árboles, donde están seguras porque su plumaje se confunde con las ramas.

¿LECHUZA O BÚHO?

Al contrario que su primo el búho, la lechuza no posee penachos, esos manojos de plumas a los lados de la cabeza que parecen orejas.

PEQUEÑAS ATENCIONES

Durante el mes que la lechuza hembra pasa incubando en el nido, el macho le lleva la comida. Después de la eclosión de los primeros huevos, la lechuza continúa incubando los que quedan. A veces, las crías de una misma nidada pueden llevarse ¡hasta 10 días de edad!

¿LO SABÍAS?

Existen diferentes especies de lechuzas, como el cárabo, que emite un grito peculiar, o la lechuza blanca, que tiene la cara de este color y en forma de corazón. La lechuza australiana, en cambio, se distingue por el color anaranjado de su plumaje.

El faisán

Vive en Europa, pero también en América, en Australia y en Asia. Se encuentra tanto en bosques como en las orillas de los lagos y en las arboledas. Es omnívoro y se alimenta de larvas y de insectos, pero también de frutas y de granos. El faisán es polígamo: un solo macho se empareja con diversas hembras. La hembra pone los huevos en un nido excavado en la tierra, escondido en un arbusto o entre los cultivos. Es ella quien incuba la nidada y se ocupa de los polluelos hasta el otoño. En caso de peligro, el faisán corre y después levanta el vuelo. Su marcha es rápida y fácil.

¡PUM!

El faisán es una presa fácil para los cazadores. Al alba y al crepúsculo, el macho se pasea por los campos. De noche, en lugar de esconderse, se planta a menudo en una rama y canta... ¡Pum!

¿LO SABÍAS?

Debido a la caza, quedan pocos faisanes salvajes. En algunos lugares, las asociaciones de cazadores sueltan faisanes en la naturaleza comprados a granjas de criadores. Deben contar con un macho por cada seis hembras, y los dejan vivir tranquilos hasta que empieza la temporada de caza.

¡PRESUMIDO!

Los faisanes macho y hembra no se parecen en nada. El macho tiene el plumaje rojo, una cola larga y la cabeza coloreada de verde y de rojo. La hembra es más pequeña y gris-beige con toques de negro, mucho más discreta... ¡Una buena estrategia para sobrevivir!

El corzo

Más pequeño que sus primos, el ciervo y el gamo, este rumiante mide 1,20 m de largo por una altura de 75 cm en la cruz. Le gustan las regiones donde los prados se alternan con los bosques. Es fácil de ver, porque es muy rutinario: come siempre en el mismo lugar y a la misma hora. Se alimenta de brotes tiernos, de bayas y de hierbas. En primavera, el macho delimita su territorio rozándose contra los troncos de los árboles: ya están advertidos los otros machos. Si penetran en esta zona, tendrán que luchar a golpes de cuerno.

GEMELOS

En el mes de mayo, la hembra del corzo tiene un 75% de probabilidades de dar a luz a gemelos. Las crías no pesan más de un kilo y maman de su madre. Empiezan a comer brotes tiernos y a rumiar a alrededor de las 3 semanas. Se quedarán con la madre hasta el parto siguiente.

¿LO SABÍAS?

En caso de peligro, la hembra golpea el suelo con la pezuña. De inmediato, su cría se esconde y se queda inmóvil. Esperará la señal de su madre para volver a moverse. El cervatillo cuenta con otros dos trucos para escapar de los predadores: su pelaje se confunde con la tierra y, sobre todo, no tiene un olor corporal propio, lo que atraería linces o zorros.

ESPEJO...

Unos pelos blancos recubren la parte posterior del corzo y forman una mancha que, en el caso de las hembras, se parece a un corazón: esta mancha se llama «espejo». Los corzos tienen también una mancha de pelos claros en la parte delantera del cuello: la servilleta.

El oso

En contra de lo que podamos pensar, este mamífero omnívoro no hiberna exactamente, sino que inverna. Desde que caen las primeras nevadas, se instala en su madriguera con la barriga vacía. Empieza a vivir lentamente, enroscado sobre sí mismo para conservar el calor. El corazón y la respiración se vuelven lentos. No se levanta ni a comer, ni a beber, ni a hacer sus necesidades. Sin embargo, pese a ello, se mantiene atento y puede salir del cubil en caso de peligro. A cuatro patas, el oso adulto mide entre 1 y 2m, y hasta 3 m cuando se pone en pie. Para marcar su territorio, araña el tronco de los árboles. En la naturaleza, un oso puede vivir alrededor de 25 años.

BEBÉS

La hembra da a luz a 1, 2 o 3 cachorros que miden unos veinte centímetros y pesan unos 350 g. Los cachorros nacen calvos, ciegos y sin dientes. Pasarán 6 meses con su madre. Nutridos con leche al principio, a los 3 meses se iniciarán en el aprendizaje de la caza.

¿LO SABÍAS?

El oso pardo de los Pirineos es una especie protegida: está prohibido cazarlo. En 1995, solo quedaban 5 osos pardos y para salvar a la especie, trajeron ejemplares de oso que fueron capturados en los bosques de Eslovenia.

MIEL...

El oso puede causar grandes destrozos en las colmenas. Pese a ello, prefiere comerse las larvas de las abejas que la miel. Las larvas le aportan las proteínas que necesita a finales del otoño para prepararse para el invierno, o después de la invernada.

La hormiga

Este insecto social vive en colonias gobernadas por una reina. ¡Ella sola ha puesto los huevos de los que han salido todas las hormigas del hormiguero! Su vida está muy organizada: las hormigas soldado defienden el hormiguero, las obreras mantienen en condiciones las galerías, se ocupan de las larvas y salen a la superficie a buscar alimento. Algunas obreras están tan ocupadas que tienen que ser alimentadas por otras obreras, que les llevan la comida en un estómago especial, el buche social. Las hormigas se comunican mediante señales químicas que captan con las antenas: las feromonas.

¿Y LAS HORMIGAS VOLADORAS?

Son las futuras reinas y sus príncipes, venidos de diferentes hormigueros, que buscan emparejarse. Una vez fecundada, la reina se posa en el suelo y se arranca las alas, que la frenan y la hacen demasiado visible para los predadores. Busca entonces un lugar donde poner los huevos y crear su propia colonia.

¡ARRIBA!

Una hormiga puede llevar hasta 60 veces su peso. Pero no tiene el récord del insecto más forzudo: el escarabajo pelotero, un coleóptero, puede levantar ¡hasta 1.140 veces su peso!

¿LO SABÍAS?

¡Las hormigas son auténticas granjeras! Algunas especies hacen crecer setas dentro del hormiguero para comérselas. Otras sacan la melaza de los pulgones, una sustancia dulce que estos producen. A cambio, las hormigas los defienden de las mariquitas.

La comadreja

La comadreja, el mamífero carnívoro más pequeño de Europa, mide unos 20 cm y pesa 100 g. Su pelaje, marrón-rojizo por el dorso, es blanco por la parte de abajo. Se alimenta de roedores, de serpientes y de pájaros. Es una trepadora ágil que va a buscar huevos a los nidos... pero también a los gallineros. La hembra cría sola a sus pequeños, que nacen pelados, ciegos y sordos. ¡Solo pesan entre 1 y 3 g! Abren los ojos después del primer mes de vida. A las 8 semanas, aprenden a cazar y dejan a la madre cuando cumplen las 10 semanas.

¡PEQUEÑA, PERO HAMBRIENTA!

La comadreja es uno de los pocos animales que son a la vez nocturnos y diurnos. Su pequeño tamaño no le permite acumular grandes reservas de alimento, y debe cazar con frecuencia para seguir viva. No puede pasar muchas horas sin comer.

¿LO SABÍAS?

La comadreja a menudo se pone de pie sobre las patas posteriores para observar los alrededores. Silba, escupe y emite unos gritos agudos en caso de agresión o de peligro.

CINTURA FINA

¡Tiene un cuerpo largo y tan fino que puede pasar por un agujero del tamaño de una moneda de 2 euros! Así puede perseguir a sus presas hasta dentro de sus madrigueras. Tan curiosa como su primo el hurón, se cuela por todas partes, revolviendo hojas y piedras.

El lirón

El cuerpo de este roedor no mide más de 15 cm, y su cola tiene casi la misma longitud. Es un animal nocturno porque, sin defensas, sería una presa demasiado fácil a la luz del día. De octubre a abril, el lirón hiberna en pareja o en familia, dentro de un agujero de un árbol, entre las raíces o en el interior de una madriguera que excava hasta un metro de profundidad. Durante la hibernación, su temperatura baja y el corazón y la respiración se ralentizan. Su cuerpo aprovecha las reservas de grasa que ha acumulado a lo largo del verano. Este largo sueño le permite sobrevivir al invierno.

¿LO SABÍAS?

El sueño del lirón es tan profundo durante el invierno que ha dado lugar a la expresión «dormir como un lirón». En alemán, este animal se llama «Siebenschläfer», que quiere decir «el que duerme siete meses».

ACRÓBATA

El lirón se desplaza poco por el suelo. Las almohadillas de sus patas segregan una especie de pegamento que le permite caminar por todas las superficies, incluso las verticales. Sus bigotes, las vibrisas, le ayudan a detectar los obstáculos en sus incursiones nocturnas.

¡ÑAM!

El lirón es omnívoro. Adora las frutas, pero come también granos, brotes tiernos, flores y setas. También puede comer insectos o babosas. En otoño, el lirón engorda para asegurarse las reservas que necesitará durante su largo sueño.

El arrendajo

Se distingue por sus bellos colores, por los espesos bigotes negros que tiene dibujados bajo el pico y por su cresta eréctil. La mitad de su alimentación se compone de las bellotas de los robles. Pero también aprecia el maíz, los insectos, las frutas e incluso los huevos o los polluelos, que busca en los nidos de los pájaros más pequeños. El arrendajo es muy ruidoso y solo canta melodiosamente para seducir a la hembra. Cuando se forma la pareja, construyen su nido en la horquilla de un árbol a base de ramas pequeñas. Entre abril y julio, la hembra pone de 5 a 7 huevos moteados de color verde claro.

PREVISOR

En otoño, el arrendajo prepara sus reservas. Gracias a un bolsillo que tiene bajo el pico, puede transportar hasta cuatro bellotas a la vez, que esconderá bajo el musgo y las hojas secas. Sin embargo, a veces no consigue encontrarlas y las bellotas germinan y dan vida a nuevos robles.

¿LO SABÍAS?

En invierno, el arrendajo no migra. Si pones un comedero en tu jardín, vendrá a picotear de buena mañana, chillando para espantar a los otros pájaros y así no tener que compartir el alimento...

¿MIAU, MIAU?

Conocido como el centinela del bosque, este pájaro de la familia del cuervo alerta a todos sus habitantes con sus gritos roncos al menor peligro. Es un buen imitador, puede copiar los cantos y los gritos de otros pájaros e incluso ¡del caballo y del gato!

La abubilla

Se reconoce por su plumaje naranja, a rayas negras y blancas en las alas y en la cola. Tiene las alas largas y redondeadas y las patas cortas pero potentes. La abubilla es insectívora y captura a sus presas en el suelo gracias a su largo pico, que le sirve también para romper el caparazón de los caracoles. También se alimenta de serpientes pequeñas y de saltamontes. Construyen el nido en un agujero entre las rocas o en un árbol hueco. Las abubillas europeas parten hacia África tropical a partir del mes de agosto. Pasan allí los meses de invierno y vuelven a visitarnos a partir del mes de marzo.

¿ANTIRROBO?

La abubilla no limpia nunca su nido de excrementos: el olor nauseabundo que desprenden espanta a los predadores que podrían tener la tentación de comerse a los pollitos mientras los padres están fuera buscando alimento.

VISTOSA

El rasgo más característico de la abubilla son las plumas de color naranja y negro que se alzan verticales sobre su cabeza, como una cresta.

¿LO SABÍAS?

En la península, la abubilla es una especie amenazada, porque el crecimiento de los pueblos y las transformaciones de los campos destruyen su hábitat. Además, la fumigación de pesticidas sobre los cultivos suprime a los grandes insectos de los que se alimenta.

Créditos

Fotolia.com : Alexander von Düren : 18 h – arturas kerdokas : 19 – byrdyak : 23 – Cisek Ciesielski : 7 – gousses : 8 m – james broadley : 6 h – kyslynskyy : 12 m – mbongo : 9 – Michaël BICHE : 8 b – Valeriy Kirsanov : 10 b – wojciech nowak : 20 m.

Shutterstock.com : 22 h, 28 m, 31, 36 h – Alexander Erdbeer : 14 m, 15 – Alfredo Maiquez : 6 m – Alucard2100 : 39 – Andrey Pavlov : 36 m – ArtComma : 14 b – Bildagentur Zoonar GmbH : 28 d, 45 – Borislav Borisov : 30 d – Brian Sallee : 38 b – Christian Schoissingeyer : 32 b – Cliff Watkinson : 38 m – Clinton Moffat : 22 d – Cynthia Kidwell : 16 b – Daniel Gale : 10 m – David Dohnal : 35 – Dennis Molenaar : 24 h – Dennis W. Donohue : 16 h, 34 h – Derek R. Audette : 20 d – elitravo : 44 b – Eric Isselee : 18 m – Henk Bentlage : 34 m – Herbert Kratky : 26 d – Holly Kuchera : 17 – jA?Ajnos NA?A©meth : 18 d – Jakub Mrocek : 44 h – kingfischer : 37 – lightpoet : 28 h – lolloj : 40 h – Mark Bridger : 29 – Matej Ziak : 14 h – Matthijs Wetterauw : 27 – Menno Schaefer : 11, 38 h – Mircea BEZERGHEANU : 24 m, 24 d, 25 – Mirek Kijewski : 43 – Miroslav Hlavko : 40 m, 41 – Mixrinho : 36 b – Myimages - Micha : 42 h – Neil Burton : 26 m – outdoorsman : 16 m – Peter Gyure : 2, 47 – Pim Leijen : 21 – Platslee : 20 h – Radka Palenikova : 12 h – reptiles4all : 40 b – Rob kemp : 30 m – Roger Hall : 30 h – Sandy Hedgepeth : 10 h – Scorpp : 8 h – Soru Epotok : 33 – Studiotouch : 26 h – Sue Robinson : 22 m – Switch : 32 h – txking : 6 g – Vetapi : 12 b – Vetapi : 13 – Vetapi : 42 m – Vetapi : 42 b – Vetapi : 44 d – Volodymyr Burdiak : 34 b.

FSC www.fsc.org
MIXTO
Papel procedente de fuentes responsables
FSC® C109440

Título original: *Je découvre en m'amusant les animaux de la forêt*
© LOSANGE, 63400 Chamalières, France, 2016
Publicado por acuerdo con IMC Agencia Literaria
© Traducción: Teresa Broseta Fandos, 2018
© Algar Editorial
Apartado de correos, 225 - 46600 Alzira
www.algareditorial.com
Impresión: Liberdúplex

1.ª edición: octubre, 2018
ISBN: 978-84-9142-157-3
DL: V-2054-2018